SOTTO VOCE

e outros poemas

JOHN YAU

1ª reimpressão 2019

Revisão: Adi Gold e Rodrigo Alves do Nascimento
Design miolo: Marcelo F. Lotufo
Design capa: Helena Freddi

Sotto Voce e outros poemas / John Yau trad. Marcelo F. Lotufo. São Paulo: Edições Jabuticaba, 2017.

ISBN: 978-85-93478-01-7

CDD: 821

ISBN 978-859347801-7

Edições Jabuticaba
www.ediçõesjabuticaba.com.br
www.facebook.com.br/Edjabuticaba

John Yau

tradução Marcelo F. Lotufo

apresentação Régis Bonvicino

Sotto Voce

e outros poemas

edição bilíngue

jabuticaba

Índice

A poesia de John Yau

John Yau escreve poemas coloquiais, próximos da fala, mas sua dicção coloquial é reflexiva, distante de qualquer ideia de espontâneo. Na primeira peça deste volume, intitulada "Introdução", na qual tematiza a origem chinesa de sua família, Yau, nascido em Boston, afirma seu trabalho como um trabalho de linguagem, o que não é pouco, num período histórico já extenso, onde a estética e a ética foram trocadas por formas preexistentes de e exteriores à poesia. Mas Yau, filho de imigrantes chineses, associa também seus poemas a uma linguagem dissonante, contrária a uma sensibilidade média, vitoriosa, premiada. Yau escreve quase que em uma prosa de referência, gramatical, para que o perfil narrativo de seus textos possa surpreender pelo registro das adversidades do cotidiano e de versos aparentemente sem sentido: "Cleópatra captura um clérigo no clerestório".

Yau é um poeta erudito: sua poesia narrativa contrasta o alto e o baixo, Stéphane Mallarmé é contrastado com o "papagaio do vizinho" que "começou a hablar espanhol". Suas menções e citações não são citações de salão e não são feitas para nobilitar o poema. Elas cumprem a função de relembrar o colapso

da cultura, na qual o homem médio, de sensibilidade aceita, com seu imaginário restrito, fuzila Li Po ou ainda cumpre a função de evidenciar um tempo empobrecido e brutalizado: "Tempo de um homem e de uma mulher ensopados em tinta/ Rolando através de riachos e vales abaixo/ Tentando deixar algum rastro de palavras para trás" Yau é também uma espécie de imagista, capaz de escrever à la Oriente versos como: "Para alguns, o céu de inverno é um pêssego azul/fervilhando com larvas" ou capaz de dialogar com as artes plásticas, das quais é um crítico sofisticado.

Seus poemas têm um caráter igualmente ensaístico. Há uma bela peça que reflete sobre a dificuldade de os imigrantes chineses se adaptarem aos Estados Unidos intitulada "in gu rês". Talvez por ser meio estrangeiro – o que é uma qualidade para um poeta – Yau se interessou por Carlos Drummond de Andrade, o que é raro tratando-se de poetas americanos. E de Drummond a poética de Yau extrai um ensinamento central, que a faz ingressar no mundo da estética e da ética; "Jogue fora/ suas memórias, / enterre seus espelhos".

Régis Bonvicino, janeiro de 2017

Sotto Voce

e outros
poemas

edição bilíngue

Introdução

Isto só podia vir de alguém cujos avós nasceram em Shangai
não os cidadãos mais excepcionais da cidade, mas certamente dentre os mais sóbrios
a fazerem uma pequena e hoje corroída marca
Só podia vir de um descendente distante ou dissoluto (sim, *moi*)
capaz de fazer elogios indignos até mesmo de uma faísca de sua atenção

Não soa como se isto fosse virar um poema de amor ou uma oração
Bem, você está enganado, porque um homem do povo,
o que eu não sou nem nunca serei,
não escolhe uma mulher ou uma santa acima de todas as demais
já que isto é uma construção hierárquica
e portanto não democrática e anti-humanista

Só podia vir de alguém cujas virtudes não incluem teimosia,
paciência, lealdade, gentileza, ou honestidade

Só podia vir de alguém que pudesse tomar o meu lugar
depois que eu deixasse a sala
para não voltar mais

Só podia vir de alguém que não existia
antes deste poema
começar a se escrever.

Introduction

It had to be from someone whose grandparents were born in Shanghai
not the city's greatest citizens, but certainly among the sober ones
to make their small now eroded mark
It had to be from a distant or dissolute descendant (yes, *moi*)
who can sing praises unworthy of even a flicker of your attention

Doesn't this sound like it might turn into a love poem or a prayer
Well, you are wrong, because a man of the people,
which I am not nor will I ever be,
doesn't single out one above all others
as this is a hierarchical construction
and therefore undemocratic and antihumanist

It had to be from someone whose virtues do not include stubbornness,
patience, gentleness, loyalty, or truthfulness

It had to be from someone who could take my place
after I left the room
never to return

It had to be from someone who didn't exist
before this poem
began writing itself down

Sotto Voce

Está chovendo em Nova York. Chovendo e chovendo.
O céu está cheio de confetes, mas não são confetes.
Em uma carta de 3 de abril de 1870, Mallarmé escreveu:
"Não sei qual dos meus climas interiores
devo explorar para te procurar e encontrar".
Os auroques e orangotangos estão inquietos.
O cantarolar da armação de vastas crinolinas.
Faz uma semana hoje que nem mesmo uma barata é avistada.
Conformar confundir confrontar congratular.
A sua impertinência não me perturba.
Cleópatra captura um clérigo no clerestório.
A aranha se move em direção ao teto.
Ela nasceu em uma casa de quarenta cômodos em Shangai
e morreu em Burlington, Mass., em uma de seis, mais ou menos perto do shopping.
Frades não estão autorizados a falar durante as refeições, nem a pensar em comida.
John Wilkes Booth foi filho de Junius Brutus Booth.
Há uma estátua do irmão de John, Edwin, no Gramercy Park.
Consideremos algumas teorias que explicam reencarnação via hipnose.
Em Agosto de 1914, enquanto o mundo desmoronava, Kandinski
viajou de Munique para a Suíça e de lá para a Rússia.
A experiência de sair do próprio corpo pode ter origem em traumas de infância.
O taxista marroquino me diz não ser mais possível deixar
Manhattan: todas as pontes estão interditadas até segunda ordem,
e os metrôs estão, finalmente, em reforma.
É importante que minhas meias não combinem?
No dia em que um mágico famoso é incapaz
de retornar do lugar para onde se mandou,
só uma saidinha, ele disse à plateia.
Eu Volto em um Minuto torna-se uma manchete
que um homem de terno azul luzente e exuberante lapela
prefere esquecer, enquanto engole mais café
de uma xícara perfeita de porcelana rosa
que encontrou em um brechó dirigido por emigrados russos.
Já comi avestruz, ratão do banhado e animais de estimação.

Sotto Voce

It is raining in New York. Raining and raining.
The sky is full of confetti, but it is not confetti.
In a letter dated April 3, 1870, Mallarme wrote:
"I don't know which of my internal climates
I should explore in order to find you and meet you."
The aurochs and orangutans are restless.
Far-flung crinoline stump patter.
For a week now, not a single cockroach has been spotted.
Conform confound confront congratulate.
I am not perturbed by your pertinacity.
In the clerestory Cleopatra clenches a clerk.
The spider moves to the ceiling.
She was born in a forty room house in Shanghai
and died in a six room house in Burlington, Mass., not far from the mall.
Monks are not allowed to talk at meals, nor think of food.
John Wilkes Booth was the son of Junius Brutus Booth.
There is a statue of John's brother, Edwin, in Gramercy Park.
Let us consider some theories explaining reincarnation via hypnosis.
In August 1914, as the world was crumbling, Kandinsky
traveled from Munich to Switzerland to Russia.
An out-of-the-body experience may have its roots in childhood drama.
The Moroccan cab driver tells me that it is no longer possible to leave
Manhattan, all the bridges are closed until further notice,
and the subways are finally undergoing repair.
Is it important that my socks don't match?
On a day when a famous magician is unable
to return from the place he sent himself,
a small errand he told the audience.
I Will Only Be a Minute becomes a headline
that a man in a bright blue suit with oversized lapels
would rather forget, as he quaffs more coffee
from a flawless pink porcelain cup
he found in a flea market run by a Russian émigrés.
I have eaten ostrich, muskrat, and small pets.

Quando ele tinha dezesseis anos, sua mãe pediu que saísse de casa
pois achava que seu quarto seria melhor utilizado como quarto de empregada.
"O eu," escreveu Wittgenstein, "não é um objeto.
Eu confronto objetivamente todo e qualquer objeto. Mas não o eu".
Anos após ter andado sozinho por regiões de ursos
pardos, e logo após ter dito à sua anfitriã
que "a tarde foi maravilhosa",
ele encostou uma arma na própria cabeça e puxou o gatilho.
A imperatriz de Fiji certa vez me perguntou o caminho
para um hotel conhecido por sua clientela internacional
mas eu não sabia que Fiji não tem imperatriz.
A fonte fica cinza somente quando a temperatura cai abaixo de zero.
O papagaio do vizinho começou a hablar espanhol.
O mecânico de brinquedos quer nomear todos os seus filhos
com nomes de capitais de estados que terminam com a letra "a".
Eu sempre guardo doze latas de almôndegas no armário da frente.
O canguru está cansado de treinar para sua próxima luta.
Uma pilha de cartões postais da estação ferroviária de Bonn.
Me enviaram porque minha ficha estava limpa e eu era bem versado
na arte de manejar um garfo mecânico e uma escavadeira a vapor.
É bem possível que a Manchúria
no período inicial de glaciação
estivesse coberta por uma floresta.
Da última vez que conversamos ele disse ter cinco empregos:
carregador de malas, repositor de gôndolas, dono de meia loja
de memorabília de baseball, motorista de táxi e auxiliar de almoxarifado.
Hart Crane pulou da proa do *Orizaba*.
O vampiro desafivelou seus sapatos e se esticou
sobre uma pilha de jornais entregues no endereço errado.
Meu tio era um encanador que não levava jeito para este trabalho.
Em uma estante do quarto há dezessete ratinhos de pilha.
Se em seus sonhos você se deparar com um monte de esterco,
dinheiro surgirá dos lugares mais improváveis.
Da sacada de serviço vejo que moro
no trigésimo terceiro piso de um prédio de oito andares.
Meus pais estendem-se lado a lado em um túmulo sem lápide

When he was sixteen, his mother asked him to move out
as she thought his room would be put to better use if a servant slept in it.
"The I," Wittgenstein wrote, "is not an object.
I objectively confront every object. But not the I."
Years after he walked through grizzly bear country
alone, and shortly after he told his hostess
it had been a "wonderful evening,"
he put a gun to his head and pulled the trigger.
The empress of Fiji once asked me for direction
to a hotel known for its international clientele
but I didn't know that Fiji has no empress.
The fountain is gray only when the temperature goes below freezing.
The parrot next door has started speaking Spanish.
The toy repair man wants to name his children
after the capitals of states that end in "a".
I always keep twelve cans of meatball in the front closet.
The kangaroo is tired of practicing for his upcoming match.
A stack of postcards from the Bonn train station.
I was sent because I had a clean slate and was well versed
in the art of handling a fork and a steam shovel.
It is quite possible that Manchurria
in the initial postglacial period
was covered by woods.
The last time we spoke he told me he had five jobs:
luggage handler, supermarket shelver, part owner of a baseball
memorabilia store, taxi driver, and clerk.
Hart Crane jumped off the bow of the *Orizaba.*
The vampire unbuckled his shoes and stretched out
on a pile of newspapers that have been delivered to the wrong address.
My uncle was a plumber who had no knack for the job.
On a shelf in the bedroom are seventeen mice that run on batteries.
If in your dream you encounter a dunghill,
money will arrive through the most unexpected sources.
On the landing in the back hall I see that I live on
the thirty-third floor of an eight story building.
My parents lie side by side in an unmarked grave

em um cemitério suburbano ao pé de uma colina
cercado por uma cerca de arames.
Já tive muitos apelidos e nunca gostei de nenhum.
Uma paixão por realidades idealizadas e superfícies atraentes,
feitas com precisão excessiva, quase fanática,
são características comuns da época. Toda a manhã,
inumeráveis aglomerações de elementos rijos e brilhantes
com contornos arredondados descendem e dissolvem-se.
Selos da Itália e de Bornéu.
O imperador enviou o maestro da orquestra num veloz cavalo
para encontrar Li Po, que está esparramado em uma mesa de bar.
Lá fora, os cachorros começaram a latir,
ainda que ninguém previsse que isto aconteceria.
Eu tenho quase cinquenta e três anos, minha filha ainda não tem dois.
Samuel Rosenstock é mais conhecido como Tristan Tzara.
Aos quarenta anos teve uma revelação e decidiu
que seria presidente. Um instrumento
que mede o potencial elétrico do couro cabeludo
e gera um registro das atividades elétrico-cerebrais.
Seria um mero acaso a mandíbula de um esqueleto ter sido escolhida para
representar um símbolo matemático tão importante?
Paula, paulada, pauleira, palmeira, pau-d'água
Um dos alunos mais devotos de Guirdjieff
era Olga Ivánovna Hinzenburg,
que foi casada com Frank Lloyd Wright.
Os russos, alega-se, usam um transmissor de amplificação
tesla gigante para alterar o clima do planeta,
gerando geadas e estiagens extremas.
Em 1935, o jornal *New York American* acabou
com o famoso aventureiro F.A. Mitchell-Hedges,
pois ele escreveu: "Atlântida existiu.
Sua submersão causou o 'Dilúvio',
um cataclismo que exterminou milhões de pessoas".
Vales escondidos que protegem uma difícil existência
para pouquíssimas pessoas; montanhas peladas queimadas de sol,
estradas quase intransitáveis, levadas tantas vezes

at the bottom of a hill in a suburban cemetery
surrounded by a chain-link fence.
I have had many nicknames and liked non of them.
A passion for idealized reality and attractive surfaces,
rendered with excessive, almost fanatical precision,
are common features of the period. All morning,
countless throngs of hard and sparkling elements
with rounded countours descend and dissolve.
Stamps from Italy and Borneo.
The emperor has dispatched the orchestra director on a fast horse
to find Li Po, who is sprawled across a table in a local wine shop.
Outside, the dogs have started barking,
though no one predicted this would happen.
I am nearly fifty-three, my daughter is not two.
Samuel Rosenstock is better known as Tristan Tzera.
At the age of forty he had a revelation and decided
that he should be president. An instrument
that measures electrical potentials on the scalp
and generates a record of the brain's electrical activity.
Is it a mere accident that the jawbone of a skeleton was chosen to represent
such an important mathematical symbol?
Talon, talus, tamale, tamarack, tamarind.
One of Guirdjieff's most devoted students
was Olga Ivanovna Hinzenburg,
who was married to Frank Lloyd Wright.
The Russians, it has been claimed, are using a giant
Tesla magnifying transmitter to modify the world's weather,
creating extremes of ice and drought.
In 1935, the *New York American* blasted
the famous explorer F.A. Mitchell-Hedges,
because he had written: "Atlantis existed.
Its engulfment caused 'The flood,'
a cataclysm that wiped out millions."
Hidden valleys that shelter a hard existence
for a precious few, bald sun-scorched mountains,
nearly impracticable roads washed out

por volumosas correntes d'água, mas ainda assim
de uma beleza fascinante e selvagem, banhada em uma luz extraordinária.
Fotografias mostram que Madame Blatávski possuiu
braços fortes, queixo duplo e olhos levemente esbugalhados.
Em Zagora, a última parada antes da 'região de gazelas',
há um hotel com uma piscina.
Bacteriologicamente pura e, portanto, teoricamente própria para beber.
No final de agosto, voamos de Roma para Londres
para ver os desenhos de "enchentes" feitos por Leonardo.
Romanus deu-se conta de que a caça a hereges
precisava ser intensificada, mas não foi bem sucedido
ao elaborar novos métodos para encontrá-los.
O céu está cheio, mas não está.
Então o diabo foi ao portão do paraíso,
quis entrar, e não pôde.
Esperou ali mil anos.
Plumas da garça branca eram usadas para fazer
varas cerimoniais e insígnias militares.
Ele alegou ter sido ferido no Tibete em 1902,
durante uma missão para estudar crenças ocultas.
A pintura fez a primeira etapa de sua jornada
de Veneza a Bagdá em um barco,
enrolada em veludo e telas à prova d'água;
sua existência uma prova incontroversa
de que similitude podia ser alcançada.
O verdadeiro elixir vegetal tem um nome pseudo-alquímico:
"cinabre retornado com face enrugada".
Eu nunca lavei meu casaco e raramente o tirava.
Em uma questão de horas talvez dias ou mesmo semanas
mas certamente não de anos isto subirá acima de minhas janelas.

half the time by raging torrents, and yet
a fascinating wild beauty bathed in extraordinary light.
Photographs show Madame Blatavsky to have possessed
strong arms, several chins, and slightly bulging eyes.
In Zagora, the last stop before "gazelle country,"
there is a hotel with a swimming pool.
Bacteriologically pure and therefore theoretically fit to drink
At the end of August, we flew from Rome to London
to see Leonardo's "Deluge" drawings.
Romanus realized that the hunt for heretics
had to be intensified, but he was not very successful
in devising new methods to find them.
The sky is full, but it is not.
Then the devil went to the gate of paradise,
wanting to enter, and could not.
He remained at the gate a thousand years.
Plumes of the white egret were used to make
ceremonial wands and military insignias.
He claimed to have been wounded in Tibet in 1902,
while on a mission there to study occult lore.
The painting made the first leg of its journey
from Venice to Baghdad by boat,
wrapped in velvet and waterproof canvas,
its existence incontrovertible proof
that likeness could be attained.
The true vegetable elixir has a pseudo-alchemical name:
"returned cinnabar with a wrinkled face."
I never washed my coat and rarely took it off.
In a matter of hours maybe days perhaps week
but certainly not years it will rise above my windows.

Soneto Quebrado

O mundo chora. Não há lágrimas
Para serem encontradas; declara-se um milagre.
O presidente aparece em telas
Nas vilas e povoados, nas cidades e selvas
E selvas ainda carinhosamente chamadas cidades.
Ele aparece nas telas e lê uma história.
De quem é esta história e por que ele a lê?
Quais lições devem ser aprendidas com ela
Sobre um tempo que não chegou, não chegará, está aqui?
Tempo de fogo e imagens de fogo subindo para o sol
Tempo de líquidos preciosos e semipreciosos
Tempo de um homem e de uma mulher ensopados em tinta
Rolando através de riachos e vales abaixo
Tentando deixar algum rastro de palavras para trás.

Broken Sonnet

The world weeps. There are no tears
To be found. It is deemed a miracle.
The president appears on screens
In villages and towns, in cities in jungles
And jungles still affectionately called cities.
He appears on screens and reads a story.
Whose story is he reading and why?
What lessons are to be learned from this story
About a time that has not arrived, will not arrive, is here?
Time of fire and images of fire climbing toward the sun
Time of precious and semi-precious liquids
Time of a man and a woman doused in ink
Rolling across streams and down valleys
Trying to leave some string of words behind.

Poemas de amor tomados emprestado

1.

O que vou fazer, eu tenho sonhado tanto com você
O que vou fazer, perdido no céu como estou.

O que vou fazer, agora que todas
as portas e janelas estão abertas

Vou sussurrar isto no seu ouvido
como se fosse um rascunho

algo rabiscado num guardanapo
Tenho sonhado tanto com você

não há mais tempo para escrever
tempo algum no relógio de sol

para minha sombra voltar à terra
perdido no céu como estou

2.

O que vou fazer, todos estes anos em que conversamos
e eu sentia medo de querer mais

O que vou fazer, agora que estas horas
não pertencem nem a mim nem a você

Perdido no céu como estou
O que vou fazer, agora que não consigo encontrar

Borrowed Love Poems

1.

What can I do, I have dreamed of you so much
What can I do, lost as I am in the sky

What can I do, now that all
the doors and windows are open

I will whisper this in your ear
as if it were a rough draft

something I scribbled on a napkin
I have dreamed of you so much

there is no time left to write
no time left on the sundial

for my shadow to fall back to earth
lost as I am in the sky

2.

What can I do, all the years that we talked
and I was afraid to want more

What can I do, now that these hours
belong to neither you nor me

Lost as I am in the sky
What can I do, now that I cannot find

as palavras de que preciso
quando seu cabelo é meu

agora que não há tempo para dormir
agora que seu nome não basta

3.

O que vou fazer, se um meteoro em brasa despertar a terra
e a cor do assalto estiver no ar

Agora que sonho tanto com você
meus lábios são como nuvens

flutuando sobre a sombra de alguém que dorme
Agora que a lua está fascinada com uma parede

O que vou fazer, se um de nós está deitado sobre a terra
e o outro perdido no céu

4.

O que vou fazer, perdido como estou no vento
e nos relâmpagos que te circundam

O que vou fazer, agora que minhas lágrimas
sobem em direção ao céu

somente para caírem
no mar outra vez

O que vou fazer, agora que esta página está molhada
agora que esta caneta está vazia

the words I need
when your hair is mine

now that there is no time to sleep
now that your name is not enough

3.

What can I do, if a red meteor wakes the earth
and the color of robbery is in the air

Now that I dream of you so much
my lips are like clouds

drifting above the shadow of one who is asleep
Now that the moon is enthralled with a wall

What can I do, if one of us is lying on the earth
and the other is lost in the sky

4.

What can I do, lost as I am in the wind
and lightning that surrounds you

What can I do, now that my tears
are rising toward the sky

only to fall back
into the sea again

What can I do, now that this page is wet
now that this pen is empty

5.

O que vou fazer, agora que o céu
fechou sua porta de ferro

e amarrou as nuvens
atrás da lua

agora que o vento
distraiu o oceano

agora que o rubro meteoro
mergulhou no lago

agora que estou acordado
agora que você fechou o livro

6.

Agora que o céu está verde
e o ar vermelho de chuva

Eu nunca aguardei
sob a sombra de pirâmides

Nunca andei de vilarejo em vilarejo
procurando fragmentos

caídos na terra em uma outra era
O que vou fazer, agora que colidimos

em uma noite sem nuvens
e faíscas sobem

do fundo de mil lagos

5.

What can I do, now that the sky
has shut its iron door

and bolted clouds
to the back of the moon

now that the wind
has diverted the ocean's attention

now that a red meteor
has plunged into the lake

now that I am awake
now that you have closed the book

6.

Now that the sky is green
and the air is red with rain

I never stood in
the shadow of pyramids

I never walked from village to village
in search of fragments

that had fallen to earth in another age
What can I do, now that we have collided

on a cloudless night
and sparks rise

from the bottom of a thousand lakes

7.

Para alguns, o céu de inverno é um pêssego azul
fervilhando com larvas

e as nuvens estão cada dia mais densas
com leite coalhado

O que vou fazer, agora que o mar gordo e negro
está em ebulição

agora que eu recusei devolver
a poeira que emprestei das borboletas

suas asas cheias de farinha amarela

8.

O que vou fazer, eu nunca acreditei que felicidade
pudesse ser premeditada

O que vou fazer, debati com o mundo obediente
que linguagem infiltrará suas paredes

O que vou fazer, agora que te enviei
um colar de abelhas secas

e agora que eu desejo
ser como o colar

e transformar flores em velas vermelhas
derramadas pelo sol

7.

To some, the winter sky is a blue peach
teeming with worms

and the clouds are growing thick
with sour milk

What can I do, now that the fat black sea
is seething

now that I have refused to return
my borrowed dust to the butterflies

their wings full of yellow flour

8.

What can I do, I never believed happiness
could be premeditated

What can I do, having argued with the obedient world
that language will infiltrate its walls

What can I do, now that I have sent you
a necklace of dead dried bees

and now that I want to
be like the necklace

and turn flowers into red candles
pouring from the sun

9.

O que vou fazer, agora que passei minha vida
estudando a física do adeus

cada velocidade, cada partícula em todas as suas oscilações,
ondulando com a reincidência da fissão de um momento

agora que preciso entregar este violino
à língua negra e espumante do mar

agora que janeiro está quase aqui
e já comecei a celebrar uma vida tão diferente

10.

Agora que as sete maravilhas da noite
foram roubadas pela história

Agora que o céu está perdido e as estrelas
escorregaram para dentro de um livro

Agora que a lua está fervendo
como o sangue onde ela nada

Agora que não sobraram mais floradas
para colarem no céu

O que vou fazer,
eu que nunca inventei nada

e que sonhei tanto com você
Fiquei chocado ao descobrir

os rastros de todos aqueles
que nos precederam cruzando este chão escaldante.

9.

What can I do, now that I have spent my life
studying the physics of good-bye

every velocity and particle in all the waves
undulating through the relapse of a moment's fission

now that I must surrender this violin
to the sea's foaming black tongue

now that January is almost here
and I have started celebrating a completely different life

10.

Now that the seven wonders of the night
have been stolen by history

Now that the sky is lost and the stars
have slipped into a book

Now that the moon is boiling
like the blood where it swims

Now that there are no blossoms left
to glue to the sky

What can I do,
I who never invented anything

and who dreamed of you so much
I was amazed to discover

the claw marks of those
who preceded us across this burning floor

Fireplace Road nº 830

(Variações sobre uma frase de Jackson Pollock)

"Quando estou *numa* de minhas pinturas, não percebo o que faço"
Quando percebo o que sou numa de minhas pinturas, não percebo
Quando sou uma de minhas pinturas, não percebo o que sou
Quando o que, qual quando, qual de, quando em, não pinto o meu eu
Quando pinto, estou no que faço, não fazendo o que sou
Quando faço o que sou, não estou em minha pintura
Quando pertenço a uma de minhas pinturas, não percebo quando, do que
De qual eu faço, não percebo, eu pintando
De qual, quando, minha, meu, eu, a pintar, numa pintura
Quando pertenço, do que, em quando, no que, pintar
Não percebo, não em, não de, não faço, estou no meu eu
Em meu sou, não estou em meu, não pertenço quando sou, de qual
Pintar "o que" quando sou, de quando estou, faço, pintura
Quando pinto, não faço. Estou em meu fazer. Estou pintando.

830 Fireplace Road

(Variations on a sentence by Jackson Pollock)

"When I am *in* my painting, I'm not aware of what I'm doing"
When aware of what I am in my painting, I'm not aware
When I am my painting, I'm not aware of what I am
When what, what when, what of, when in, I'm not painting my I
When painting, I am in what I'm doing, not doing what I am
When doing what I am, I'm not in my painting
When I am of my painting, I'm not aware of when, of what
Of what I'm doing, I am not aware, I'm painting
Of what, when, my, I, painting, in painting
When of, of what, in when, in what painting
Not aware, not in, not of, not doing, I'm in my I
In my am, not am in my, not of when I am, of what
Painting "what" when I am, of when I am, doing, painting.
When painting, I'm not doing. I am in my doing. I am painting.

Outras Aventuras em Monocromo (IV)

Eu habito a possibilidade, Emily Dickinson.

Eu habito a impossibilidade, Yves Klein.

Você precisa entender que eu não queria que você lesse uma pintura. Eu queria que você se banhasse nela antes que palavras domesticassem esta experiência, e você lançasse mão de termos prontos como "iluminação" e "transcendente" para descrever o que se passou com você. Pinturas não deveriam ser sentenciadas a sentenças.

Pintura é COR, eu briguei com meu primeiro incentivador e grande apoiador. COR expulsa palavras do seu domínio. Quando você lê uma pintura, a transforma em linguagem; porém são muitas as coisas que não podem ser transformadas em linguagem e que cada um de nós vivencia todos os dias.

Sombras vermelhas vazam de carros enferrujados e pontes caídas.
Fumaças esverdeadas elevam-se além de horizontes e telhados.
O espectro da voz de sua mãe na última vez em que ela falou com você.

Todos os dias possuem limiares que você precisa cruzar para alcançar o domínio onde palavras perturbam cada transmissão, tornando-as intangíveis. Colocamos de lado nossas memórias destas reverberações em favor daquilo que é conhecido e, acreditamos, pode ser conhecido. Dizemos que vamos à praia e olharemos o oceano, deixando marcas na areia, mas não é isto o que acontece. Nós vamos lá contemplar um pedaço azul cortado do infinito.

Verdadeiros poetas e artistas sabem onde a linguagem acaba, e é por isso que vão até ali. Alguns decidem ir além do possível dentro da possibilidade, mas outros querem habitar o impossível. Eu não falo aqui de fantasia, pois esta versão do impossível é apenas a história de uma garota chamada Polegarzinha ou de um menino chamado João. Aqueles que chegam onde uma estrada se bifurca, num bosque amarelo,

Further Adventure on Monochrome (IV)

I dwell in possibility, Emily Dickinson

I dwell in impossibility, Yves Klein

You should understand that I did not want you to read a painting. I wanted you to bath in it before words domesticated the experience, and you turned to such stand-bys as "illumination" and "transcendent" to describes what happened to you. Painting should not be sentenced to sentences.

Painting is COLOR, I yelled at my first champion and biggest supporter. COLOR banishes words from its domain. When you read a painting, you turn it into language, but there is so much that cannot be turned into language that each of us experiences every day.

Red shadows leak out of rusting cars and collapsed bridges.
Green smoke rises from behind horizons and rooftops.
The spectrum of your mother's voice the last time she spoke to you.

Every day there are thresholds that you must cross to reach the domain where words mar every transmission, rendering them intangible. We put our memory of these reverberations aside in favor of what is known and, we believe, knowable. We say we are going to the beach and we will look at the ocean and leave indentations in the sand, but that is not what happens. We go there to ponder a blue parcel cut from infinity.

True poets and artists know where language ends, which is why they go there. Some settle for going beyond the possible into possibility, but others want to dwell in the impossible. I am not talking fantasy here, because that version of the impossible is just a story about a girl named Thumbelia or a boy named Jack. The ones who go to where two roads diverge in a yellow wood are not poets, because they believe that experience can be reduced to a lesson about choices. True poets

não são poetas, porque acreditam que experiência pode ser reduzida a uma lição sobre escolhas. Poetas verdadeiros sabem que a linguagem não é nem janela, nem espelho. O engano é acreditar que o oposto é verdadeiro; que palavras (ou signos) são arbitrários.

Este é meu exemplo de como palavras não são arbitrárias. Charles Baudelaire acreditava existirem perfumes para os quais toda matéria é porosa. Estes perfumes podem permear o ar de nossos sonhos. Nossos pensamentos estremecem junto às sombras que pairam sobre nós; começam a libertar suas asas e levantam voo, manchados de azul-celeste, tingidos de rosa, salpicados de amarelo-ouro.

Azul, Rosa, Dourado.

Eu não pensava em Baudelaire quando fiz minhas pinturas, mas o poeta certamente sonhava comigo quando sentou-se à escrivaninha e escreveu "O frasco de perfume".

Você não percebe como foi assim que eu, radiando para fora, por acaso apareci neste planeta, nesta mancha de poeira? Yves Klein nasceu porque Baudelaire predisse este evento oportuno ao nomear cores, as quais, como todas as cores, escapam dos limites de seus nomes, tornando-se mais que emanação do infinito. Até mesmo a cor preta pode fugir do seu nome, o que explica por que Malevich precisou cercá-la com branco. Mas o que é uma cor que não esteja cercada por outra cor? O que é aquele mundo ilimitado que vislumbramos por um breve momento sempre que olhamos para o céu? Seria este mundo tão vasto que precisaríamos dar-lhe as costas, com medo de que nos engula, o que certamente fará? Astronomia, acreditavam os gregos, era uma ciência da realeza, o que significa que eu sou um pintor real. Não me confunda, entretanto, com um pintor da corte, como Ingres, que usava linhas para segurar e retocar as faces dos seus modelos; e que acreditava no poder despótico da beleza.

Não me interesso por beleza. Eu não sou Andy Warhol. Ele desejava

know that language is neither window nor mirror. The mistake is to believe that the opposite is true, that words (or signs) are arbitrary.

This is my example of why words are not arbitrary. Charles Baudelaire believed that there are perfumes for which all matter is porous. These perfumes can permeate the air of one's dreams. Our thoughts quiver in the shadows that fall over us; they begin to free their wings and rise in flight, tinged with azure, glazed with rose, spangled with gold.

Azure, Rose, Gold.

I was not thinking of Baudelaire when I made my paintings, but the poet was clearly dreaming of me when he sat at his desk and wrote "The perfume Flask."

Can't you see that this is how I, radiating outward, happened to appear on this planet, this speck of dust? Yves Klein was born because Baudelaire predicted this propitious event by naming colors, which, like all colors, escape the confines of their names, becoming more than an emanation of infinity. Even black can get away from its name, which is why Malevich had to surround it with white. But what is color that isn't surrounded by another color? What is that boundless world we catch a glimpse of whenever we look up at the sky? Is it so vast that we must turn away from it, afraid that it will swallow us up, which it will? Astronomy, the Greeks believed, was a royal science, which means I am a royal painter. Do not confuse me, however, with a painter of royalty, with Ingres, who used lines to hold and improve the faces of his sitters, who believed in the despotic power of beauty.

I am not interested in beauty. I am not Andy Warhol. He longed for possibility, but was afraid of what it might tell him. I dwell in impossibility, and I want to be embraced by what it will tell me.

possibilidade, mas tinha medo do que ela poderia lhe dizer. Eu habito a impossibilidade e quero ser envolvido por aquilo que ela pode me dizer.

Meu nome é Yves Klein. Há uma fotografia minha que você talvez conheça. Vesti meu melhor terno e pulei de uma janela. Meus braços estão estendidos, mas não são asas. Não preciso delas para voar. Também não sou o príncipe das nuvens, o albatroz de Baudelaire, caído do céu. Foda-se aquele fascista do Marinetti. Meus braços não são as asas de um bêbado batendo contra a parede. São os braços esticados de um mergulhador. Eu caio sem esforço pelos ares, mas nunca estou completamente caído. Os paralelepípedos e eu nunca nos encontraremos. Flutuo milagrosamente, e é por isso que você acredita na fotografia mesmo depois de entender como eu te enganei. Não foi tão difícil fazê-lo. O verdadeiro mágico mostra a todos como fez a mágica, e mesmo depois de ver como você foi ludibriada, você acredita no truque ainda mais. Eu pulei da janela e fiquei no ar, que é onde você queria que eu ficasse. Eu habito a impossibilidade – aquele lugar entre aqui e ali, ainda abraçando os dois.

My name is Yves Klein. There is a photograph of me that you might know. I have put on my best suit and jumped out a window. My arms are outspread, but they are not wings. I don't need them to fly. Nor am I the prince of clouds, Baudelaire's albatross, fallen from the sky. Screw that fascist Marinetti. My arms are not the wings of a drunkard beating against the wall. Mine are the outstretched arms of a diver. I fall effortlessly through the air, but I never am completely fallen. The cobblestones and I will never meet. I hover in a miracle, which is why you believe in the photograph, even after you have learned how I tricked you. It wasn't that hard to do. The true magician shows everyone how the trick was done, and after seeing how you were deceived, you believe in the trick all the more. I jumped out the window and I stayed in the air, which is where you wanted me to stay. I dwell in impossibility – that zone that lies beyond here and there, while embracing both.

No reino da poesia

(inspirado por Carlos Drummond de Andrade)

Não escreva poemas
sobre você mesmo.

Não chame atenção
para as suas revelações

nem faça confissões.
Mesmo se a intenção

for expiar dor,
superar culpa,

acalmar sua
compreensível raiva,

não exume
o luto da sua mãe,

o tormento sexual do seu irmão,
a ladroagem da sua irmã,

o ódio de seu pai por ele mesmo,
o fortuito mapa astral do seu padrasto.

Sentimentos não são poemas.
Parentes deveriam ser deixados

em seus habitats naturais,
na sarjeta

ou ao lado do caixa.
Não escreva poemas

In the kingdom of Poetry

(after Carlos Drummond de Andrade)

Don't write poems
about yourself.

Don't call attention
to your revelations

or make confessions.
Even if your intention

is to expiate pain,
overcome guilt,

temper your
understandable anger,

don't excavate
your mother's grief,

brother's sexual torment,
sister's thievery,

father's self-hatred,
step-parent's fortuitous star chart.

Feelings are not poems.
Relatives should be left

where they are found,
in the gutter

or by a cash register.
Don't write poems

sobre os outros.
Deixe maridos de fora,

divorciadas, alcoólatras,
adolescentes pustulentos, enfermeiras.

Já existe um excesso
de roteiros enfadonhos.

Esqueça os amigos
e inimigos,

bodas
e momentos especiais.

Alguém que trabalha com cartões comemorativos
já contemplou estes tópicos.

Não escreva sobre
manchetes internacionais,

a criança que desapareceu
e seus restos mortais,

a praia em fogo
e a página engolida,

o quinquagésimo
discurso do presidente.

Seja lá o que aconteceu
não foi um poema.

Não tente mostrar
o quão sensível você é.

about others.
Leave out husbands,

divorcees, alcoholics,
pimply adolescents and nurses.

There is already a surplus
of bad movie scripts.

Forget about friends
and enemies,

anniversaries
and special moments.

Someone in the greeting card business
has already covered these topics.

Don't write about
what is happening in the world,

the missing child
and the human remains,

the burning beach
and the swallowed page,

the president's
fiftieth speech.

Whatever happened there
isn't a poem.

Don't try and prove
how sensitive you are.

Outros já alegaram
serem plantas.

Não é necessário mostrar
o quão insensível você é

já que isto é um fato
indiscutível. .

Não escreva poemas
ligando

um evento corriqueiro
em sua vida

– fazer a barba, arrumar o sutiã, andar de metrô,
admirar um por do sol particularmente pitoresco –

a um momento significativo da história
– pogrom, fome, exílio e assassinato –

ou a um mito – estupro, ciúmes, ou rejeição –
na verdade a qualquer coisa que tenha um tema.

Poemas não são *papers*
apresentados em congressos.

Não cante as alegrias da cidade
ou liste as virtudes da vida rural.

Não mencione cisnes,
mortadela, olhos ressecados,

ou filósofos de uma orelha só.
Piqueniques e pinturas não são poemas.

Others have already
claimed to be plants.

It isn't necessary to demonstrate
how insensitive you are.

as this is already
an indisputable fact.

Don't write poems
linking

an ordinary event
in your life

–shaving, adjusting your bra, riding subway
admiring especially picturesque sunset–

to a significant moment in history
–pogrom, starvation, exile, assassination–

or to a myth–rape, jealousy, or rejection–
in fact to anything that has a theme.

Poems are not papers
delivered at conferences.

Don't sing about the joys of the city
or list the virtues of rural life.

Don't mention swans,
bologna, eyeball dryness,

or one-eared philosophers.
Picnics and paintings are not poems.

Não lance mão de dramas
ou mentiras.

Não utilize seus desejos
como um ponto de partida.

Segredos devem ser
deixados onde estão.

Não fique de pé
em um teatro em chamas

e declare:
"ninguém dá ouvidos à poesia".

Não escreva poemas
sobre como poetas

ganham mal.
Jogue fora

suas memórias,
enterre seus espelhos.

Don't resort to drama
or telling lies.

Don't use your yearning
as a starting point.

Secrets should be left
where they are.

Don't stand up
in a burning theater

and announce,
"no one listens to poetry."

Don't write poems
about poets

being underpaid.
Throw away

your memories,
bury your mirrors

In gu rês

É preciso falar Singlish para expressar um sentimento singapurense.
CATHERINE LIU

Eu nunca aprendi singlês

Não sei falar taglês, mas já reconheci
as mudanças tonais de burrês, pobrês e mendiguês

Não sei in gu rês, mas vou estudá-lo por completo até seus
quebrados e queimados ossos.

Não sei in gu dwês, mas falo cágado e cagado
balela e gazela

Hoje falo barbacoa e canoa

Hoje falo cachorro covarde e cachorro amarelo

Não sei Spin Gloss, mas escuto forró e quiproquó,
negão e assombração

Não sei im bra vês, mas posso te dizer que meu sobrenome
consiste em três letras, e que tecnicamente todas são vogais

Eu não sei hum glês, mas sei comer com dois pauzinhos

Ah mas eu sei inglês porque o pai da minha mãe era inglês
e porque meu pai nasceu em 1921 em Nova York
e pôde retornar aos EUA em 1949
e virar um cidadão americano.

Eu não falar china, chanel, ou cheienes

Ing Grish

You need to speak Singlish to express a Singaporean feeling.
CATHERINE LIU

I never learned Singlish

I cannot speak Taglish, but I have registered
the tonal shifts of Dumglish, Bumglish, and Scumglish

I do not know Ing Grish, but I will study it down to its
black and broken bones.

I do not know Ing Gwish, but I speak dung and dungaree,
satrap and claptrap.

Today I speak barbecue and canoe

Today I speak running dog and yellow dog

I do not know Spin Gloss, but I hear humdrum and humdinger,
bugaboo and jigaboo

I do not know Ang Grish, but I can tell you that my last name
consists of three letters, and that technically all of them are vowels

I do not know Um Glish, but I do know how to eat with two sticks

Oh but I do know English because my father's mother was English
and because my father was born in New York in 1921
and was able to return to America in 1949
and become a citizen

I no speak Chinee, Chanel, or Cheyenne

Eu sei sim falar inglês porque sou capaz de avisar outras pessoas
de que eu não sou quem elas pensam que sou

Eu não sei chinês porque minha mãe disse que eu recusei a aprendê-lo
desde o meu nascimento, e que esta decisão
foi uma das maiores tristezas da sua vida
junto com o nascimento do meu irmão

Eu sei chinês sim porque entendi quando uma amiga de minha mãe disse
num domingo de manhã, logo depois de sentar-se para o chá:
"Espero que você não, mas estacionei meu helicóptero no seu telhado"

Porque eu não sei chinês fui avisado por um tradutor do espanhol
que isto significa que eu não sou chinês.
Ele disse que estudou chinês e, portanto, estava mais próximo
de ser chinês do que eu jamais poderia ser. Ninguém discordou dele publicamente
o que, de acordo com as regras do inglês, significa que ele está certo.

Eu sei inglês e sei que sabê-lo quer dizer
que nem sempre acredito nele.

O fato de eu discordar do tradutor do espanhol
é mais uma prova de que eu não sou chinês, pois os chineses
que moram nos EUA são sinceros e trabalhadores
e nunca discordariam de alguém que está certo.
Isto prova que eu sei até mesmo como me comportar em inglês.

Eu não sei inglês porque me divorciei e portanto
não devo ter entendido os votos que fiz no cartório.

Eu sei inglês porque da segunda vez que fiz um voto de casamento
tive de repeti-lo em hebraico.

Eu sei inglês porque sei o que "biscoito da sorte" quer dizer
quando dito em relação a uma mulher chinesa.

I do know English because I am able to tell others
that I am not who they think I am

I do not know Chinese because my mother said that I refused to learn it
from the moment I was born, and that my refusal
was one of the greatest sorrows of her life,
the other being the birth of my brother

I do know Chinese because I understood what my mother's friend told her
one Sunday morning, shortly after she sat down for tea:
"I hope you don't that I parked my helicopter on your roof."

Because I do not know Chinese I have been told that means
I am not Chinese by a man who translates from the Spanish.
He said that he had studied Chinese and was therefore closer
to being Chinese than I could ever be. No one publicly disagreed with him,
Which, according to the rules of English, means he is right.

I do know English and I know that knowing it means
that I don't always believe it.

The fact that I disagree with the man who translates from the Spanish
is further proof that I am not Chinese because all the Chinese
living in America are hardworking and earnest
and would never disagree with someone who is right.
This proves I even know how to behave in English.

I do not know English because I got divorced and therefore
I must have misunderstood the vows I made at City Hall.

I do know English because the second time I made amarriage vow
I had to repeat it in Hebrew.

I do know English because I know what "fortune cookie" means
when it is said of a Chinese woman.

A autoridade em poesia anunciou que eu descobrira ser chinês
quando era vantajoso para mim fazê-lo.

Meu pai tinha medo de que se eu não falasse inglês corretamente
estaria condenado a trabalhar como garçom em um restaurante chinês.
Minha mãe, entretanto, disse que isto era impossível pois
eu não falava cantonês, e esta é a única língua
que os garçons de restaurantes chineses sabem falar.

Eu não sei nem cantonês nem inglês, an glo rês ou in gu rês.

An gús tiês é uma língua que todos podem falar, mas que ninguém escuta.

Eu sei falar inglês pois a mãe do meu pai era Ivy Hillier.
Ela nasceu e morreu em Liverpool depois de morar nos EUA e na China,
alegando ser descendente dos huguenotes.

Eu sei inglês porque não escutei minha avó direito e pensei
que ela disse sermos descendentes dos argonautas.

Eu sei inglês porque me lembro o que "made in japan" queria dizer
quando eu era criança.

Eu aprendo repetidas e repetidas vezes que não sei chinês.
Ontem um homem me perguntou como se escreve meu sobrenome em chinês,
pois tinha certeza que eu o pronunciava errado
e que se o meu pai pronunciara assim
o coitado se equivocou por toda a sua vida.

Eu não sei chinês muito embora meus pais conversassem em chinês diariamente
Eu sei inglês porque precisei pedir às enfermeiras para não colocarem minha mãe
em uma camisa de força, tranquilizando-as que eu me dispunha a esperar com ela
até o médico chegar na manhã seguinte.

Eu sei inglês porque saí do quarto quando o médico me disse
que eu não tinha por que estar ali.

The authority on poetry announced that I discovered that I was Chinese
when it was to my advantage to do so.

My father was afraid that if I did not speak English properly
I would be condemned to work as a waiter in a Chinese restaurant.
My mother, however, said that this was impossible because
I didn't speak Cantonese, because the only language
waiters in Chinese restaurants know how to speak was Cantonese.

I do not know either Cantonese or English, Ang Glish or Ing Grish.

Anguish is a language everyone can speak, but no one listens to it.

I do know English because my father's mother was Ivy Hillier.
She was born and died in Liverpool, after living in America and China,
and claimed to be a descendants of the Huguenots.

I do know English because I misheard my grandmother and thought
she said that I was a descendant of the Argonauts.

I do know English because I remember what "Made in Japan" meant
when I was a child.

I learn over and over again that I do not know Chinese.
Yesterday a man asked me how to write my last name in Chinese,
because he was sure that I had been mispronouncing it
and that if this was how my father pronounced it,
then the poor man had been wrong all his life.

I do not know Chinese even though my parents conversed in it every day.
I do know English because I had to ask the nurses not to put my mother
in a straitjacket, and reassure them that I would be willing to stay with her
until the doctor came the next morning.

I do know English because I left the room when the doctor told me
I had no business being there.

Eu não sei chinês porque durante a guerra do Vietnam
me chamaram de "gook" ao invés de "chink" e eu percebi
que conseguia mudar de origem sem ter a intenção.

Eu não sei inglês porque quando meu pai disse que não queria
me ver nem morto, eu não soube exatamente o que ele quis dizer.

Eu não sei chinês porque nunca dormi com uma mulher
cuja vagina era puxada para o lado como os olhos da minha mãe.

Eu não sei nem inglês nem chinês e, talvez por isso,
não tenha colocado uma lápide no túmulo dos meus pais
pois senti que nenhuma língua refletia as que eles falavam.

I do not know Chinese because during the Vietnam War
I was called a gook instead of a chink and realized
that I had managed to change my spots without meaning to.

I do not know English because when father said that he would
like to see me dead, I was never sure quite what he meant.

I do not know Chinese because I never slept with a woman
whose vagina slanted like my mother's eyes.

I do not know either English or Chinese and, because of that,
I did not put a gravestone at the head of my parents' graves
as I felt no language mirrored the ones they spoke.

Agradecimentos do Tradutor

à Vilma Arêas, Maria Betânia Amoroso, Eric Mitchell Sabinson, Adi Gold e Rodrigo do Nascimento pelas leituras atentas e melhorias que trouxeram à tradução.

à Katrina Dodson e aos participantes da oficina de tradução ministrada por ela na Casa Guilherme de Almeida em novembro de 2016, pelas inúmeras sugestões que deram para o poema "in gu rês".

Livro impresso na gráfica Forma Certa em papel off white 80 m/g² (miolo) e cartão 250 m/g² (capa). Composto em Garamond.

Títulos das Edições Jabuticaba

Sereia no copo d'água Nina Rizzi
posfácio Estela Rosa

Por qual árvore espero Eileen Myles
trad. Mariana Ruggieri, Camila Assad e Cesare Rodrigues

Variações sobre tonéis de chuva Jan Wagner
trad. Douglas Pompeu

A invenção dos subúrbios Daniel Francoy
posfácio Guilherme Gontijo Flores

Que tempos são estes Adrienne Rich
trad. Marcelo F. Lotufo

Por trás e pela frente primeiro Kurt Schwitters
trad. Douglas Pompeu

As Helenas de Troia, NY Bernadette Mayer
trad. Mariana Ruggieri

O método Albertine Anne Carson
trad. Vilma Arêas e Francisco Guimarães

O hábito da perfeição Gerard Manley Hopkins
trad. Luís Bueno

Os elétrons (não) são todos iguais Rosmarie Waldrop
trad. Marcelo F. Lotufo

Cálamo Walt Whitman
trad. Eric Mitchell Sabinson

Nocaute / 6 poetas / Cuba / hoje org. José Ramón Sánchez
trad. Rodrigo A. do Nascimento e Mariana Ruggieri

Diário de classe Antonio Arnoni Prado
apresentaçao Vilma Areas

Sotto voce e outros poemas John Yau
trad. Marcolo F. Lotufo

jabuticaba